ediciones carena

MIGUEL ÁVILA CABEZAS

LA OTRA CARA
DE LA MONEDA

Primera edición: abril de 2024

© Miguel Ávila Cabezas, 2024

© Ediciones Carena, 2024

Ediciones Carena
c/Alpens, 31-33
08014 Barcelona
T. 934 310 283
info@edicionescarena.com
WWW.EDICIONESCARENA.COM

Diseño de la cubierta: Natàlia Caro
Ilustración de cubierta: Miguel Ávila Cabezas

Coordinación y revisión: Jesús Martínez
WWW.REPORTEROJESUS.COM

Depósito legal B 5422-2024

ISBN 978-84-19890-54-2

Impreso en España - Printed in Spain

A Susa y Jose, mis amigos del alma.

Somos los extraños y minúsculos efectos de lo que hacemos. Somos nuestros propios efectos colaterales.

Miguel Ángel Arcas

El estilo es algo que se crea. Y lo que importa en el momento de crearlo es tener buen oído.

Mieko Kawakami

EL ORDEN DE LAS PALABRAS

Todas las palabras se agolpaban a la puerta de la frase por querer salir. La que más, y la que menos, apelaba, por ejemplo, a su ilustre condición de sustantivo, y por ello exigía ser la primera en ver la luz de la escritura. A estos, ciertamente, los verbos no le iban a la zaga. Esgrimían como incuestionable razón de peso el hecho de que sin su presencia no habría acción y, como consecuencia, el relato ya estaría muerto antes de nacer. Los pronombres, tan arrogantes ellos, permanecían supuestamente al margen de aquella anárquica batahola, pero bien que no les quitaban ojo referencial alguno a sus más que hiperactivos mentores. De los adjetivos, correveidiles y ambiguos, nadie se fiaba, pues a la primera de cambio a cualquiera le podían hacer un quiebro conceptual que lo dejase relegado al último puesto. Y de los artículos, tan… imprecisos unos y acusicas la mayoría, mejor no hablar. Esos las mataban siempre… señalando. Adverbios, preposiciones, conjunciones y, ¡ay!, hasta las mismísimas interjecciones del alma por allí también bullían, empujándose los unos a las otras, confundidos sin orden en aquel magma informe y estridente. ¡Por favor, señoras, tengan paciencia que habrá para todas! ¡Si no se callan y en verdad demuestran control y templanza, este que lo es no escribe! Así que todo el mundo atento. Voy a comenzar.

A ver (mirando un listado escrito en un soporte de papel basto), aquella preposición, sí, la que está allá en la esquina, sí, usted, sí, usted será la primera en salir. (Murmullos de desaprobación.) Solicito también la comparecencia de un artículo indeterminado (...) ¡Femenino no, masculino... y singular! Y usted, sustantivo estático, saldrá tras el artículo. ¿Hay cerca otra preposición? (...) ¡Tranquilas, tranquilas, esperen su turno! Sí, usted misma, acérquese. Irá en cuarto lugar. Y la quinta posición le corresponde al artículo determinado (...) ¡Silencio, silencio he dicho! ¡Femenino y singular! Necesito ahora un nombre propio de lugar, hispánico y vertebrado, por supuesto (...) ¿Que no hay ninguno? ¿Cómo va a ser eso si aquí tienen que estar presentes todas las palabras, sin excepción? (...) (Señala una que se encuentra en apartadizo estado.) Pues a usted misma la libero de su amancillada condición y la mudo en ínsita. Veamos lo que resulta hasta ahora: *En un lugar de la Mancha...* (Duda durante unos segundos.) ¡Hum, no me desagrada del todo! Continuemos, pues. Ahora pido la presencia de..., de..., sí, de otra preposición; de nuevo la «de». Usted irá después de «Mancha»... Y así sucesivamente...

MADRE NO HAY MÁS QUE UNA

El árbol no tuvo la culpa. Simplemente allí estaba, con el fruto ofrecido para que al cabo se cumpliera lo que Todos sabemos: sangre de su sangre, savia complaciente.

LA BABOSA SECA

Era tan coqueta, tan coqueta (y tan impulsiva) que resolvió lucir un genuino bronceado ante el grupo de (¿se dice así?) iguales. Y, claro, pasó lo que tenía que pasar.

CORREDORES EXHAUSTOS

Mucho antes de partir, Aquiles y la tortuga terminaron exhaustos.

PASILLOS DESCANSADOS

…Y los pasillos todos exclamaron al unísono: «¡Por fin ha acabado el confinamiento!».

EL MÓVIL DEL VENENO

El único móvil del veneno fue convertir a Andrés Hurtado en un precursor. Y cuando llegamos al final de su camino, todos morimos también con él.

LA COARTADA
DEL PROPIETARIO

En el fondo, todos están deseando que me muera... ¿para heredar?... Para heredar el vacío, la pena, el desconsuelo, la desolación. Y más tarde, cuando sepan..., la ira, el desprecio, el odio, la indignación. Pero entonces yo no estaré allí para comprobar cómo se revuelven contra sí mismos por haber sido tan torpes y tan ingenuos. Ese será mi único legado.

RIPLEY NO SABÍA

El sol y el mar fueron testigos de su crimen. ¿Inexorables? Inexorables e implacables ambos. Pero Ripley, el sagaz y astuto Ripley, no sabía.

LA TOS ME MATA

Todos los días, a la misma hora de siempre, me sobreviene la tos delatora, y entonces muero, una y otra vez muero contigo como la vez aquella en que me clavaste en el alma el puñal de tu ausencia.

UN ARCOÍRIS DESTEÑIDO

En el fondo todo el mundo piensa que soy un presuntuoso y un casquivano cuando salgo a exhibirme en el momento en que la lluvia se alía con el sol. Pero hoy ha llovido tanto, tanto…, que el sol ha pasado de largo y mi torpe vanidad me ha arrojado en brazos del agua humilde y purificadora. Y así me siento: roto por dentro y desteñido por fuera.

AL DESPERTAR MONTERROSO

Al despertar Monterroso, el dinosaurio le preguntó: «¿Qué has soñado esta noche, churri mío?».

TEGUCIGALPA DE NOCHE

Tegucigalpa de noche es única. ¿Has probado a contemplarla desde El Picacho, allá abajo, extendida en la llanura, como un animal dormido, arropado en el sueño por haces de luz y sombra? Si no lo hicieras, Tegucigalpa se desvanecería en el agua imprecisa de tu imaginación.

ACEITUNA SIN MARTINI

Por cada aceituna que me como, un Martini que me pierdo.
¿Dónde radica, pues, el equilibrio?

DEMENTES ILUSTRES

La familia en pleno se fue al bosque. ¿A qué? A meterle fuego.
A qué iba a ser si no.

BARBARÓS-BARBARÚ

A mi hijo, Miguel Ángel.

Y, más allá del tiempo, el centurión xenófobo arengó de la siguiente guisa a sus soldados: «En la batalla, no os fieis de los extranjeros. Son todos unos bárbaros».

EL TRAVELO CENICIENTA

A mi hija, Ángela.

La verdadera historia no es la que se narra en el cuento. En realidad, cuando dieron las doce de la noche (la hora, por otra parte, de las brujas), él era ella y ella, él. Y solo había un frágil zapato de cristal.

EL ESNOB SE VANAGLORIA

Y sin pronunciar palabra alguna, él le dijo: «Espejito, espejito, dime tú, que todo lo sabes: ¿quién es el más listo, el más guapo y el más *cool* del Universo?». Y el espejito pensó para sí: «Otro tonto que se mira sin reconocerse».

UN TURISTA TINGITANO

Tierra a la vista. Hoy es viernes. La vida es un espejismo. Nunca alcanzaré la orilla.

SI TE DIGO LA VERDAD

Si te digo la verdad, mentiría.

MI VOCACIÓN DE LADRÓN

Como en la película de marras... (¡Ah!, ¿que no sabéis a qué película me refiero? Os lo diré más tarde.) Digo que, como en la película de marras, siempre que me lanzaba al proceloso mar de la escritura, las palabras, una detrás de otra y la que estaba más allá también, acudían en tropel a mi mente pugnando por salir al exterior y plantarse desde su coherente desorden sobre la nevada superficie del papel (o de la pantalla). Pero... todas ellas, las muy ladinas, se conjuraban para gastarme siempre la misma jugarreta. Ahora bien sabéis a qué película me refiero. La vocación me puede.

EL DEPORTE DE ROBAR

Y desde el altivo estrado manifestó: «Que levante la mano quien no desee recibir un sobre por debajo de la mesa, aunque esté lleno de recortes de periódicos con su propio obituario». Ese día, sin duda, Él se había levantado con el pie izquierdo en modo (ahora se dice así) tautológico. Por supuesto, nadie la levantó…, la mano digo (ni la derecha ni, aún menos, la izquierda), pues todos se sabían integrantes de un mismo equipo.

LA INFANZONA CAGONA

Raro es el día en que no se libra una guerra en mis dominios. ¿Víctimas? A millares. La estadística no miente. Ahora bien, este trono, tapizado de suave terciopelo, nadie me lo usurpa. Es mío y solo mío.

DELIRIOS DE GRANDEZA

Tanto afán para llegar más alto… ¿Y qué pasó? Nada. No pasó nada. O pasó todo… Cuestión de perspectiva.

LA GRANDEZA DE LA LUPA

Miré al revés de como tenía que haberlo hecho. Llegar a Júpiter me fue más fácil de lo que había previsto.

AQUEL DEÁN DE VETUSTA

Detrás de cada palabra de comprensión y consuelo acechaba la alimaña del disimulo, la doblez de ánimo y el deseo desbocado. Y si no que se lo pregunten a la incauta de Ana Ozores. (A toro pasao, claro.)

BAJAMOS

Lo que no contó ningún periódico, ninguna radio, televisión o red social del mundo entero, es que nosotros sí conseguimos llegar a donde estaba el pecio. Y no perdimos la vida en el intento porque ya estábamos muertos antes de que implosionara, dicen, el submarino. Y también, incluso, antes de que entráramos en aquel ataúd hecho de titanio y fibra de carbono. Aquí lo certifico.

TIRO DE GRACIA

Junto a la fosa que hemos tenido que cavar obligados por nuestros asesinos, todos esperamos el tiro de gracia. Este habrá de ser el único gesto de generosidad que ennoblezca su alma corrompida.

SOY FELIZ

Dicen que la felicidad es una entelequia como la propia defini-
ción que a los ilusos ofrece el diccionario normativo y *ad hoc.*
Yo no me lo creo. Nací tonto y moriré tal cual. Mañana es día
de votaciones.

DIOS ME MIRA

Sé que, a partir de ahora, todo lo que haga, diga, trame o piense será grabado en tiempo (¿tiempo?) real (¿real?). Y habrá de llegar el día (¿el día?) en que, todo ello, será visto, escuchado y, por qué no, sentido desde donde yo no esté y hasta el último confín del Universo (¿Universo?). Entonces será el final (¿el final?). (De *Confesiones de un recién nacido.)*

LIMPIA MIS MALEZAS

Armado hasta los dientes esperaba detrás de la puerta. Y mientras tanto la casa sin barrer.

EL BEBEDIZO EN AYUNAS

Lo de Sócrates no es tal como se cuenta. Lo sé yo que estuve allí. Fue Jantipa la que le mató a disgustos. Espíritus débiles los ha habido siempre. Y corazones frágiles, también. ¡Qué malo es el tabaco para la salud!

AQUEL DOLOR DE TRIPA

Parí un almendro y, cuando lo inscribí en el Registro de Neonatos Rurales (RNR), le puse de nombre Vanessa Mari. En realidad, no había nacido niña, pero yo siempre quise llamarme así. Ni qué decir tiene que no me dejaron bautizarlo por más que lo intenté.

TRES TENORES VIENEN

Por la dura estepa castellana tres tenores vienen hacia mí. Son rápidos tirando de voz. Que Santa Margarita María de Alacoque me proteja con su «Detente bala». En caso contrario, me encomendaré a Santa Rosalía, *La despechá*.

LA ESPOSA DEL CORREGIDOR

La buscó a conciencia. Y la encontró. Aquella mujer, además de muda, era ágrafa, pero ágrafa del todo (por no decir «del tó»). Él, que era lo más puntilloso y precavido que uno se pueda llegar imaginar, siempre supo discriminar el trabajo, el trabajo en sí, de la familia, la familia en mí. Pura analogía. (Vamos –por no decir «amos»–, digo yo).

SUELOS CALCÁREOS

Recuerdo ahora la mañana aquella en la que me precipité al patio de butacas desde el techo falso del teatro en el que íbamos a representar una alevosa parábola (como todas) del poder financiero aliado con el militar. Alguien más listo que yo, consciente de nuestro inminente fracaso, me pidió (digamos, mejor: me ordenó) que subiera al cielo imaginario de aquel templo para comprobar no sé qué inconveniente de carácter, digamos, luminotécnico. Y yo, que era más tonto que aquel que quiso volar con ellos, cumplí la orden a rajatabla (o a «rajasuelo», lo cual resulta más ajustado a la situación en sí). Y, claro, pasó lo que tenía que pasar: la obra resultó un éxito de público ausente y de crítica imposible. Yo, al día siguiente, salí en los periódicos.

EL GALOPE DEL ÑANDÚ

Todos los ñandús de la sabana salieron huyendo perseguidos por una sombra (sí, por una sombra implacable). Había nubes en el cielo y hacía un fuerte viento de poniente.

EL GUARDAMETA OPINABA

Aquello, más que en una tertulia, rayaba en una pelea de gallinas histéricas. El que más y el que menos (es decir, todos ellos) sacaba a relucir sus navajas dialécticas afiladas a conciencia la noche anterior al encuentro. Cuatro eran cuatro, no como las hijas de Elena que tan solo eran tres y, como todo el mundo sabe, ninguna era buena. Sí, ellos, los contendientes, eran cuatro, como los cuatro jinetes del Apocalipsis o el cuatro de la muerte en China; y no es que fueran buenos ni malos, eran…, más bien, absurdos, ineptos, mentirosos. Y en medio de aquel tráfago de caóticos cacareos y aliterativos aleteos, el moderador inútilmente intentaba echar balones fuera, pero los goles iban llegando, uno tras otro, ora por la izquierda, ora por la derecha, ora por el centro y ora también por ninguna parte, pues cada quien quería congraciarse con el cada cual del otro lado de la pantalla donde el espectador atónito no daba crédito a goleada tan… obscena.

EL MOTÍN DEL SUROESTE

«¡Hasta aquí hemos llegado! ¡Me niego a continuar con este suplicio!», clamó el toro en la plaza. Y todos, toreros, subalternos, picaores, apoderados, políticos sonrientes, señores gordos del puro y señoras y queridas del señor gordo del puro, al punto se convirtieron en piedra (berroqueña). Sucedió en Aranjuez, durante la primera suerte de varas de la corrida goyesca del año de pilipimplúm. La noticia corrió con la paradójica rapidez de una tortuga: sin salir del orbe indignado de mi imaginación y sin llegar a ningún sitio.

ESCLAVO

Soy esclavo de tus mentiras y cautivo de tus desdenes. Si entonces hubiese llegado a saber para lo que hoy he quedado, me habría cortado la mano derecha con el cuchillo de la abstención.

LA MORAL DE LA RUINDAD

¡Nos vamos todos de crucero, blancos, negros, tibios, inmigrantes (ilegales, por supuesto), exiliados del pan y la vida, fríos, calientes, quintacolumnistas, cuñados, maridos, nietos, traidores y demás parientes! ¡Eso sí, cada cual en el sitio que le corresponde! No vaya a ser que las aguas del mar bravío no sepan distinguir la condición de clase que a cada cual le atañe.

LA RUINDAD DE LA MORAL

Arribados a puerto, una amable guía nos dio la bienvenida y a cada uno de nosotros nos entregó un mapa de la ciudad sin nombre. Teníamos seis horas por delante. Yo las empleé en visitar las innumerables iglesias que jalonaban la satinada superficie del papel. En cada una de ellas recé un padrenuestro por las almas de aquellos (y aquellas) que no consiguieron llegar. El mar es, como los caminos del Señor, insondable a la par que inescrutable.

EL MANANTIAL NO HABLABA

Toda el agua del mundo no podrá aplacar la sed que ahora tengo. Dime, ¿por qué callas? ¿Qué he hecho yo para merecer tu silencio? ¿Quién no ha bebido de más cuando la ocasión era propicia? ¿Acaso tú estás libre del pecado de la dipsomanía? Mi debilidad es mi condena.

EL MANANTIAL DECÍA

A dondequiera que vayas eternamente te seguirá mi sombra. El desierto no tiene límites y aún menos para ti.

NO ME CEDIERON EL ASIENTO

No me cedieron el asiento y, para colmo de infamias, se me corrió la gomina del tupé.

LA BELLEZA DE LA VERDAD

Es tan bella la verdad que duele mirarla. De ahí que, cuando ella aparece (siempre sin avisar), todos volvemos la cabeza hacia el lado contrario, hacia el vacío gris de la mentira.

SUPE QUE EL PEPLO
SE LLAMABA *PEPLO*

Debajo del peplo estás tú, desnuda como un río, diosa deseante y deseada. ¡Oh tiranía del tiempo que nos separa!

CORPÚSCULO CREPUSCULAR

¿El Universo dices? Los infinitos universos en cada grano de arena que se adhiere a tu piel cuando atardece. Tú solo, frente al sueño.

LA PURGA DE BENITO

Su nombre real era Vanessa Mari (la otra). Un cuerpo de hombre en un nombre de mujer. Almas gemelas.

LA PULGA DE BENITO

Vanessa Mari (la auténtica) quería cantar cuplés en una compañía de variedades (o varietés, que también se pronuncia así). Nunca lo consiguió, y no porque entonara mal *El Relicario* o *La Violetera* (por citar), no. La culpa la tuvo la pulga, aquella maldita pulga que recorría su cuerpo de arriba abajo y de abajo arriba siempre que ella, Vanessa Mari (la convulsa), lo intentaba.

EL PUERTO DE SEVILLA

En el puerto de Sevilla crecen las naranjas como en el de Málaga la biznaga. Y en el de Córdoba, el clavel, aunque allí no haya puerto.

UN CÍRCULO VICIOSO

De tanto darle vueltas a la cuestión aquella, perdí el rumbo y ahora no sé adónde he ido a parar. Matilde (¿se llamaba así?) se fue para siempre y la aurora en su sol va pintando el mundo cubierto de azul (Albano y Romina Power *cantaverunt*).

EL AFILADOR DE ORURO

Desde que el mundo tiene conocimiento de sí, e incluso desde mucho antes, mi tarea es siempre la misma. En el final de la noche, apresto mi herramienta de afilar, tan solo una nube por chaira, y me dispongo a darle lustre al día, que amanece siempre ensimismado entre brumas de sueño.

NADA FLUYE

Te lo digo yo. Heráclito era un farsante. Y de seguro que tenía desmedidos intereses en el cultivo, la producción y la distribución de la fresa.

MIS SÁBANAS EGIPCIAS

Calor, lo que se dice calor sí que dan. El problema estriba en que se pegan mucho al cuerpo.

UN AGENTE DE LA STASI

Lo vi en una película de cuyo título no quiero acordarme y de inmediato lo reconocí. Era el mismo agente que a partir de aquel fatídico día de mil novecientos cincuenta y no sé cuántos, en una lóbrega habitación de la sede central de la Stasi, en Lichtenberg, me estuvo interrogando durante cerca de cuarenta años en relación a mi pertenencia al GRSD (Grupo Revolucionario del Síndrome de Diógenes). A la Stasi no se le escapaba ni una por mucha basura que uno acumulara en su interior.

VÁZQUEZ APAGÓ LA LUZ

Llegó la hora de partir y Vázquez, siempre tan puntilloso con el gasto, apagó la luz del salón y se arrojó hacia el abismo. Vivía en un décimo piso. Cuando iba inútilmente aferrándose al aire de la noche, cayó en la cuenta de que se había dejado encendida la lamparita del dormitorio. Y ello le causó un gran disgusto.

EL ESCRITOR MÁS
PEDANTE REGALABA

Sonrisas y desplantes a diestro y siniestro, junto con un ejemplar, en blanco, del libro que aún no tenía pensado escribir.

DESTINOS EXÓTICOS
PARA IMBÉCILES

1. En la playa, el paraíso.
2. Entre el plástico, la disuelta belleza de los necios.
3. Baños de sol para una muerte cercana.

*

1. In litore, in paradiso.
2. Inter plastica, dissoluta pulchritudo stultorum.
3. Lavationes solares morti inminente.

LA REBELIÓN DE LAS BRUJAS

Llegados a un punto de no retorno, nos dimos por vencidas. Los demonios de la mezquindad, la egolatría, la ignorancia, la violencia y la locura definitivamente habían ganado la guerra que contra ellos librábamos desde el principio mismo de los tiempos. Así que arrojamos a lo más profundo del mar emponzoñado nuestros clavos, nuestros calderos, nuestras llaves-nudos, nuestras bolas de cristal, nuestras barajas de tarot y nuestros inútiles atrapasueños y, a continuación, nos arrojamos nosotras no a aquel mar podrido sino al cielo infinito de la espera.

LAS ÉLITES PALETAS

Cuestión de estilo: las gambas se pelan con cuchillo y tenedor, y el tocino no se come a cucharadas.

EL MIEDO DEL SALARIO

Toda relación de pareja es, al cabo, relación de poder. Y si alguien lo pone en duda que se fije en la que mantienen la plusvalía y el salario. A ver cuál de los dos es quien parte y reparte el bacalao, es decir, quien ordena y manda por consuetudinario decreto. Marx tenía más razón que un santo.

EL PANERO DEL MANICOMIO

Todos los días, a la misma hora, hablaba con él por teléfono. Y siempre le decía lo mismo: que no se preocupara, que se encontraba bien, que lo suyo no era propiamente locura sino impotente rebeldía contra las formas que miran al cristal con los ojos cegados por la soberbia y el odio, que el Padre nunca moriría... Y él, entonces, callaba espantado desde el otro lado de la vida.

TRES FUENTES EN LA MONEDA

Cuando arrojé la moneda de un céntimo a la fuente de las cuatro culturas, esta cayó en el lado que el azar no había previsto. Al punto, las otras tres reclamaron su tributo, pero ya no me quedaban monedas de un céntimo, y no era cosa de renunciar al pan y a las patatas que pensaba comprar con los tres euros que se resistían en el fondo de mi bolsillo. Fue así que las muy pendejas se cerraron en banda y dejaron de echar agua por sus bocas resentidas.

ODALISCA POTENTE

En sueños vino a mí y me dijo: «No desesperes. Ya queda menos tiempo. Mi casa de dos puertas sigue abierta para ti. Aunque nunca lo consigas, entrarás en ella y ya no querrás salir. Por sus ventanas, la de la derecha y la de la izquierda, se asomará ese niño que nunca dejaste de ser y eternamente te busca en el agua febril de tu deseo».

ODALISCA CLEMENTE

Te revelaré un secreto: el laberinto no es como lo piensas. Teseo y el Minotauro son un mismo ser, una entidad duplicada en el fondo de tu mente. La lucha perpetua de los contrarios. El reflejo de una sombra que pugna por salir. ¿Y Ariadna, preguntas? Ariadna en sí no existe. Es la inalcanzable mujer que todos lleváis dentro. No hay hilo que te lleve. No hay salida.

EL PAPA CIEGO

Al final consiguió encasquetarse el solideo blanco en su insigne cabeza. ¡Ay, si los ojos, las manos y la boca y lo que no son ni los ojos ni las manos ni la boca hablaran! Antes, cuando ejercía sus funciones de cura misionero en la prelatura de Huamachuco y más tarde como arzobispo en Trujillo, contradecía plenamente el mandato de Jesús, pues él no dejaba que los niños se le acercaran, habida cuenta de que todos lo rehuían aterrorizados, sino que era él quien, a su pesar (el de los niños), se acercaba continuamente a ellos. El tiempo, aliado con la impunidad, jugaba siempre a su favor.

LA JUSTICIA ANTE EL ESPEJO

Me miré al espejo y lo que vi me perturbó de tal modo que clavé en cada uno de mis ojos la punta de mi espada. Desde entonces no hay espejo posible que muestre mi verdadera imagen.

SALTO DE CAMA

No se considera aún disciplina olímpica.

COMPRAMOS EL ENGAÑO

En el mercado de las mentiras las que más cotizan al alza son aquellas que sabemos que lo son y, sin embargo, pagamos por ellas lo que haya que pagar con la fanática sumisión de los cobardes.

APLAUDIMOS POR DECRETO

A mí no hay cosa que más me guste que me puteen y acibaren, lo cual viene a ser lo mismo. Ya tengo decidido a quién voy a votar.

AL FONDO DE LA CUEVA

Tras haber superado todo tipo de acechanzas y peligros, conseguimos llegar al fondo de la cueva. ¿Y qué vimos allí? Platón no estaba, pero sí nuestras sombras que al punto nos recriminaron la tardanza. El mundo al revés.

CON LAS MANOS EN LA MASA

Al final de la noche, con el cansancio y el deseo instalados a partes iguales en cada una de mis células, la invité a pasarse por mi apartamento. Ni que decir tiene que respondió no con palabra alguna sino con una gélida sonrisa. Lo que vino después se sobreentiende.

EL LUGAR DEL DESCONCIERTO

La avalancha de resucitados causó un número indeterminado de muertos y otro aún mayor de desaparecidos. No hubo heridos. Por más que allí nos apretujamos, en el Valle de Josafat no cabíamos todos. Apocalíptica imprevisión de los organizadores del magno evento. Así que, de nuevo, vuelta a empezar.

ÚNICA VARIACIÓN

En aquella humillante final de ahora no sé qué torneo oficial del Grand Slam de tenis, el jugador por el que había apostado todos mis ahorros (que no eran pocos) perdió los dos primeros sets por un contundente 6-0 cada uno y, para más inri, en el tercero se precipitaba al abismo por la escarpadura de un 5-0 en contra. No había nada que hacer, la suerte (o, mejor dicho, mi mala suerte) estaba echada. Sin embargo… Cuando uno se encomienda a Thor, este nunca falla.

LA MÁQUINA DEL DINERO

Hay quien colecciona sellos de todos los países del mundo, cromos de futbolistas, llaveros, chapas de cerveza o dedales de costurera. Yo colecciono dinero. Para ser más exactos, colecciono euros, y en cantidades enormes de billetes de 20, 50, 100, 200 y hasta de 500 euros. Disfruto como un Harpagón cualquiera en contarlos una y otra y otra vez, y jamás me canso de ello. Mi fortuna crece en proporción directa a la avaricia que empleo en incrementarla. De los asuntos de Estado que se ocupen otros.

DEBAJO DE LA CAMA

Me pudo más la irrefrenable curiosidad. Miré debajo de la cama… ¿Y qué fue lo que vi? Os lo podéis imaginar. Desde entonces, soy un otro yo diferente a como hasta entonces había sido.

BUENOS PROPÓSITOS

La interminable lista de buenos propósitos que todos nos hacemos al comienzo del siglo, del año, del mes o, ya apurados, de la semana, choca siempre contra la implacable evidencia de no haber sido capaces, nunca, de cumplirlos. ¿Quién puede poseer la energía y fuerza de voluntad suficientes para quitarse de la cerveza, el rezo del Ángelus o las almendras garrapiñadas… por citar?

LAS LÁGRIMAS DEL TIEMPO

Al principio el mundo iba conmigo en paz y concordia plenas. Cada ser, cada criatura, cada esencia ocupaban su inmutable lugar y desempeñaban su impertérrita función. ¿O acaso entonces yo estaba y ahora sigo estando terriblemente equivocado, y el mundo por el que yo pasaba no era más que la prisión en la que se debatía una turba de sombras enajenadas, de fieras acechantes? Yo he visto cosas…

LOS PUÑOS LEVANTADOS

A mi amiga Carmen Herrera.

¿«A las barricadas»? Creo que se confunde, caballero. Lo que gritamos aquí es «A las mariscadas». La fonética o el oído te pierden, piojoso bolivariano.

TIOVIVO DE LAS MERCANCÍAS

Cuando sobreviene un excedente de producción... –de producción de lo que sea: subsaharianos, mercenarios, asesinos a sueldo, drogadictos, prostitutas y víctimas de chantajes varios–, se activan las matemáticas incontestables de las rebajas. Son (somos) demasiados. Y hay mercancía de sobra para todos los gustos. Es la ley de la oferta y la demanda.

MANCHAS DE SANGRE

Se me acabó el rojo intenso y necesitaba imperiosamente terminar el cuadro. Si no, me iba a dar algo. (Porque un «algo» siempre da cuando se produce este tipo de contingencias.) Así que no tuve más remedio que hacerlo. No hay nada como la sangre arterial para imprimir ese necesario toque de intensidad en el lienzo huérfano de vida.

LA GALLINITA CIEGA

Me tocó hacer de gallinita, de gallinita ciega, sí. Y para que en ningún momento me entrase la tentación de quitarme la venda, los muy desconfiados me amputaron los brazos a la altura del deltoides. Lances del juego… dijeron.

LA RULETA RUSA

Nadie, que yo sepa, ha jugado a la ruleta rusa en sentido contrario como lo he hecho yo, es decir, haciendo girar el tambor del revólver y apuntando... no a mi osada sien sino a la de mi oponente. Quede claro que yo siempre ganaba a la primera. Las víctimas las cuento por centenares. Cuestión de suerte. Con el tambor completamente cargado, quien siempre disparaba primero era yo.

FALSO DIAGNÓSTICO

Desde su altísimo estrado me dijo, así a bote pronto y a cara de perro, cual también acontece en circunstancias y momentos puntuales: «Te quedan dos meses de vida, como máximo tres». Ya han pasado dos años y aún no se ha ejecutado la sentencia. ¿No habrán huido (o muerto) todos ellos, jueces, carceleros, verdugos, médicos…? Aquí todo es vacío y silencio. La penumbra es total. Y duermo, duermo, duermo…

FECHA DE CADUCIDAD

Como las lavadoras, los frigoríficos y hasta los ordenadores (cuánticos o no), todo en este y en los otros mundos tiene fecha de caducidad por su irrevocable condición de obsolescencia. Nietzsche lo sabía bien. Y el Dios replicante se la tiene jurada por toda la eternidad. Por cierto, ¿en qué o en quién se habrá reencarnado el filósofo de poblados bigotes? ¿En un galgo afgano quizás?

A LAS PUERTAS DEL AVERNO

Tú no pasas. ¿Y eso? Eso es porque no pasas. Aquí se entra completamente desnudo, no con esa mortaja de *boy scout* y esas botas de montaña. Pero… No hay pero que valga. He dicho que aquí no entras… y punto. Pero… Pero… qué. ¿Dónde estoy entonces? ¿No lo sabes aún? Resbalaste y caíste por el precipicio hasta llegar el fondo…, al fondo del tiempo. Ya no hay tiempo para ti. No hay más vida. Entonces… estoy muerto. Tú mismo. Anda, date la vuelta y busca otro cielo donde te acojan. En este no.

UN MONACATO EN TINIEBLAS

Las siete de la mañana y de nuevo no han llamado a maitines. Seguiré durmiendo.

LA SANGRE DE LAS PIEDRAS

Al caer la tarde, cuando ya no se podía distinguir quién era quién en aquel tráfago de gritos y carreras, recibí la pedrada que me abrió una brecha en el pómulo izquierdo (espectador). Podría haber sido en el derecho, pero las piedras, insensibles ellas, carecían entonces de cualquier noción de lateralidad. Además, dudo de que el enemigo que la arrojara evidenciase algún tipo de preferencia por cualesquiera de las partes de mi aturdida cabeza. O tal vez pudo tratarse de un malhadado caso de «fuego amigo». Vaya usted a saber… Bien es cierto que aquella pedrada no fue la primera…, ni ninguna de las siguientes habría de ser la última.

EL ESTILITA DESNUDO

Desde lo alto de esta columna de sueños pudiera verse a Dios. Pero Dios no se me muestra y, para colmo de ausencias, me estoy achicharrando.

UN HOMBRE TRISTE

Juan no tenía nombre para quienes lo ignoraban cuando se acercaba a sus mesas para dejarles un paquete de pañuelos y una nota en la que se podía leer: «Soy un hombre triste. Ayúdeme a intentar ser feliz». Sin embargo, la mayoría de las veces (que era siempre) acababa yéndose con tan solo los mismos paquetes de pañuelos y aquel papel en el que pedía nuestra ayuda. Juan no mentía. Él sí era un hombre cuya tristeza le delataba, con la mirada perdida en un más allá, también sin nombre, donde ninguno de los que estábamos sentados en aquella terraza del bar tenía cabida.

MI CAJERA FAVORITA

Mi cajera favorita no tiene nombre, pero sí unos ojos que te atrapan y te ahogan en su fondo nada más mirarlos. Y ella lo sabe. Por eso la cola de hombres que se forma en su caja es infinita, aunque en realidad no necesitemos nada de lo que oferta el supermercado que a tantos y tantos únicamente nos da de comer sueños y anhelos.

INTOXICADO DE INCIENSO

El incienso nos turba y entontece. Hasta el punto de que, por causa de sus maléficos efluvios, acabamos perdiendo el rumbo en la caza, sin alcance, de la primera palabra y su ínsita verdad. De ahí que me haya pasado, con las pituitarias y los ojos cerrados, a la religión del pastafarismo. Al menos, no me faltará cerveza y rigatoni con tomate y *bacon*.

PERECIERON
LOS RECUERDOS

Y entonces todo acabó. El tiempo dejó de ser y la conciencia del cosmos se diluyó en la nada en cuyo centro un dios sin nombre arañaba el vacío.

SI LOS DIOSES
FUERAN MUDOS

Si los dioses fueran mudos, no nos hablarían como nos hablan a través de nuestras preces. Por motivos de seguridad, nuestras conversaciones siempre son grabadas.

LA SORDERA DE LOS DIOSES

¿Cómo se Me pudo ocurrir a Mí encomendarle al pueblo elegido de Israel que en Jericó tocasen las dichosas trompetas? Mira que lo hicieron a conciencia. (…) ¿Mande? ¿Cómo dice?

EL AGITADOR DE MARTINIS

Él siempre adoleció de mano inquieta a la par que fogosa. Ya sabes tú a qué me quiero referir. De ahí que no sea de extrañar que, con el tiempo, acabase trabajando de *bartender* (¿se escribe así?) en aquel licencioso bar de carretera.

UNA CHICA ALMODÓVAR

«¡La ciudad no es para mí! ¡No estoy preparada para soportar tantos nervios!», gritó en medio del rodaje aquella chica llegada un año antes a la capital posmoderna desde Calacierva, un pueblecito de la comarca Campo Romanos. Y al punto se obró el milagro de la alteridad, es decir, del cambio de sexo, edad y registro actoral. Cosas del cine.

AVA

La luz del mediodía me impidió verla pasar. Tuve que esperar al sueño para estar con ella. Sublime decisión.

LOS TRAZADOS SINGULARES

Si quiero pintar un bosque, me sale un bidón de gasolina; y si es una marina lo que pretendo hacer, siempre me sale una asmática extensión de plaguicidas, herbicidas, fertilizantes químicos, hidrocarburos, detergentes y plásticos (por citar). Mejor no digo lo que me sale cuando quiero pintar un niño.

AGUA DE FUEGO

Sí, yo la he probado. Algo incolora puede que sea, pero en absoluto es inodora y aún menos insípida. Ya lo dijo el poeta:

> Beberé de la boca de tus peces
> el licor que la luz solo destila
> desde la noche ardiente y misteriosa…

Más claro…

LA OTRA CARA DE LA MONEDA

AGRADECIMIENTOS

A Amalia García y Conrado Santamaría, en cuyo «Desconcierto a dos voces para un mundo enfermo» encontré algunos versos reveladores que me alumbraron también determinados títulos.

ÍNDICE

ESTA
PRIMERA
EDICIÓN DE *La otra
cara de la moneda,* DE MI-
GUEL ÁVILA CABEZAS, HA SIDO
IMPRESA CON PAPEL AHUESADO,
DE 80 GRAMOS. SE HA UTILIZADO
LA TIPOGRAFÍA GARAMOND PRO. SE
TERMINÓ DE IMPRIMIR EN REPRO-
GRÁFICAS MALPE, EN GETAFE,
EN EL MES DE ABRIL DEL AÑO
2024.